Alzheimer

Wie meine Mutter
in die Wolken
entführt wurde

LILIANA JANSKI

ALZHEIMER

Wie meine Mutter
in die Wolken
entführt wurde

Impressum

Bibliografische Information der Deutschen Nationalbibliothek: Die Deutsche Nationalbibliothek verzeichnet diese
Publikation in der Deutschen Nationalbibliografie; detail-
lierte bibliografische Daten sind im Internet über
http://dnb.dnb.de abrufbar.

Die automatisierte Analyse des Werkes, um daraus Informationen insbesondere über Muster, Trends und Korrela-
tionen gemäß §44b UrhG („Text und Data Mining") zu gewinnen, ist untersagt.

© 2024 Liliana Janski
Cover und Grafiken: Liliana Janski
Bilder: Liliana Janski
Verlag: BoD · Books on Demand GmbH, In de Tarpen 42,
22848 Norderstedt
Druck: Libri Plureos GmbH, Friedensallee 273, 22763
Hamburg
ISBN: 978-3-7597-6782-0 Auflage 4

Für Kamilla

Über die Autorin:
Liliana Janski ist eine hingebungsvolle Tochter und junge Mutter zweier Kinder, die es sich zur Aufgabe gemacht hat, ihre Erfahrungen und Erinnerungen mit der Welt zu teilen. Ihre einfühlsame und kraftvolle Erzählweise bietet sowohl Betroffenen als auch Angehörigen eine wertvolle Perspektive.

Vorwort

Dieses Buch ist eine Sammlung meiner persönlichen Erinnerungen an meine Mutter und wie ihre Alzheimererkrankung sie veränderte. Ich hoffe, dass meine Erfahrungen anderen Angehörigen und Betroffenen helfen können, sich nicht so allein und unverstanden zu fühlen, wie ich es oft tat.

Meine Mutter war 63 Jahre jung, als wir die endgültige Diagnose Alzheimer erhielten. Zu diesem Zeitpunkt konnte sie nicht mehr selbstständig Arzttermine wahrnehmen oder den Grund der Konsultation äußern. Mehrere Jahre lang suchten wir nach Antworten auf ihr sich zunehmend veränderndes Wesen.

Alzheimer kommt selten laut, sondern schleicht sich heimlich in dein Leben.

Lange habe ich überlegt, ob ich meine Erinnerungen teilen sollte. Letztendlich entschied ich mich dafür, eine Auswahl zu teilen, um Angehörigen und Betroffenen den Zugang zu diversen Erfahrungsberichten zu ermöglichen. Auch Menschen im

Gesundheitswesen können durch die Perspektive der Angehörigen besser auf die Bedürfnisse der Betroffenen eingehen.

Die Diagnose meiner Mutter war der Beginn einer intensiven Suche nach Unterstützung. Wir benötigten dringend Hilfe und wussten zunächst nichts darüber, was uns erwartete und welche Rechte und Ansprüche wir hatten. Besonders belastend war es, dass die sprachlichen Veränderungen meiner Mutter aufgrund ihres Akzents zunächst nicht ernst genommen wurden: „Die Frau spricht doch kaum Deutsch, Sie müssen einen Dolmetscher mitbringen.". Wir lebten mehr als zwanzig Jahre in

Deutschland und meine Mutter sprach grundsätzlich gut Deutsch. Durch die Erkrankung veränderte sich ihr Sprachvermögen. Ein Dolmetscher hätte uns nicht helfen können, da meine Mutter mittlerweile eine Mischung aus Deutsch und Polnisch sprach. Wir nannten es Deulisch.

Vielleicht helfen meine Erinnerungen anderen, die persönliche und soziale Situation sowie die Gefühle von Betroffenen und Angehörigen besser zu verstehen. Dies ist keine medizinische Abhandlung oder ein Ratgeber, auch wenn ich hier und da Hinweise gebe.

Dies sind einfach Erinnerungen. Erinnerungen an eine Mutter, die immer wieder psychotische Schübe aufgrund ihrer Alzheimererkrankung erlebte.

Wenn sie wieder klarer war, fragte sie oft, was passiert war, und ich erzählte es ihr. Diese Erzählungen finden sich in diesem Buch wieder. Es hilft mir, besser damit umzugehen, indem ich diese Momente aufschreibe. Jeder muss seinen eigenen Weg finden. Es hat fast drei Jahre nach dem Tod meiner Mutter gedauert, bis ich das Erlebte begreifen und in Worte fassen konnte. In meiner Familie geht jeder anders mit seinen Erinnerungen um. Reden können wir noch nicht wirklich darüber, und ich empfinde das als ganz normal.

Was dieses Buch vielleicht für dich sein kann, ist eine Perspektive. Du bist nicht allein, auch wenn du dich allein fühlst. Egal ob du selbst betroffen bist, Angehöriger, Pfleger oder an dem Thema interessiert.

Das Buch ist in drei Teilen aufgebaut:

Im ersten Teil, **„Das sind wir"**, stelle ich dir meine Mutter, unsere Familiengeschichte und die ersten Hinweise auf Alzheimer vor.

Im zweiten Teil, **„Erinnerungen, als du in den Wolken warst"**, teile ich mit dir ausgewählte Erinnerungen. Diese Erinnerungen richte ich an meine Mutter. Die, die sie einmal war – meine Seelenverwandte, meinen inneren Kompass und erfahrenen Ratgeber.

„Für dich", gehört dir. Ich erzähle dir kurz etwas über Demenz, bzw. Alzheimer und gebe dir Fragen mit, welche ich mir und meiner Mutter gerne zu Beginn der Diagnose gestellt hätte. Sodass du eventuell zukünftige oder erlebte Situationen mit Alzheimer für dich möglicherweise klären kannst. Vor allem wenn du gerade in der Situation bist, dass ein Angehöriger oder Freund an Alzheimer oder einer anderen Form von Demenz erkrankt ist, sind diese Fragen aus meiner heutigen Perspektive wichtig. Eventuell ist dein lieber Mensch noch am Beginn der Erkrankung und ihr könnt über seine Wünsche und Ängste sprechen.

Ich möchte hier keine Tipps oder Ratschläge verteilen. Denn das kann ich nicht. Jeder Mensch und jede Lebenssituation mit Alzheimer ist anders. Mir war es zum Beispiel, zu jedem Zeitpunkt wichtig, dass meine Mutter selbstbestimmt und in Würde leben konnte. Dabei habe ich ihr geholfen. Mir hätte es sicher geholfen, jemanden in meiner nahen Umgebung zum Reden oder eine Selbsthilfegruppe zu haben.

Ich hatte zu Beginn das Gefühl, dass ich das alles wunderbar bewältigen kann. Vielleicht hast du das auch. Angehörige pflegen ist ein einsamer Beruf. Du weißt eventuell noch nicht, was du alles brauchst, worauf du Anspruch hast und warum.

Eventuell kommst du, so wie ich am Anfang wunderbar klar. Wenn du von Beginn an, alle Möglichkeiten ausschöpft, hast du es später wesentlich leichter. Oft bekommst du in der Gruppe hilfreiche Tipps oder einfach nur ein offenes Ohr. Bitte verzeih, wenn dieser Satz für dich übergriffig klingt, du entscheidest zu jeder Zeit, was wichtig und richtig für dich ist.

Das sind wir

ALZHEIMER

"Kleine" Anpassungen können dazu beitragen, dass sich Betroffene Zuhause sicher und wohl fühlen.

Wohnzimmer

Schlichtes Design:
Nutz simple Möbel und vermeide übermäßige Dekorationen, um klare Bereiche zu schaffen.

Freie Wege:
Achte darauf, dass die Gehwege frei von Hindernissen sind. Entferne Teppiche und Matten.

Persönliche Erinnerungsstücke:
Platziere vertraute und persönliche Gegenstände, die positive Erinnerungen hervorrufen.

Schlafzimmer

Routine Elemente:
Halte den Schlafbereich so konstant und klar strukturiert wie möglich. Verändere möglichst wenig um ein Gefühl der Sicherheit und Geborgenheit zu geben.

Nachtlicht:
Um Nachts Orientierung zu geben nutze Nachtlichter. Diese gibt es für kleines Geld auch batteriebetrieben.

Kleiderschrank:
Verwende möglichst offene Regale. Teile die Kleidung nach Art ein (T-Shirt, Hose …). Du kannst an das Regal auch ein kleines Schild mit dem im Regal befindlichen Kleidungsarten kleben.

Badezimmer

Kontraste:
Verwende kontrastreiche Farben, um Toilette und Armaturen besser sichtbar zu machen. Besonders kostengünstig sind Bezüge oder Matten. Achte bitte darauf, das Matten rutschfest sind.

Hilfsmittel:
Installiere frühzeitig Haltegriffe, Duschsitz und andere Hilfsmittel.

Küche

Beschriftung:
Kennzeichne Schränke und Schubladen oder verwende Bilder, um den Inhalt klar zu kennzeichnen.

Sichtbare Gegenstände:
Nutze durchsichtige Behälter und offene Regale, um oft verwendete Gegenstände sichtbar zu halten.

Meine Mutter

Meine Mutter wurde in den 1950er Jahren in einer größeren Stadt etwa 200 Kilometer von Warschau entfernt geboren. Sie war das fünfte von sechs Kindern. Ihr Vater war ein angesehener Herrenschneider, den sie sehr liebte. Besonders mochte sie seinen schwarzen Humor. Als sie ihn im Alter von 17 Jahren verlor, fühlte es sich an, als hätte sie ihr seelenverwandtes Gegenstück verloren.

Ihre Mutter war eine offene und moderne Frau, die zwei Lebensmittelgeschäfte führte. Außerdem besaß die Familie landwirtschaftliche Flächen, auf denen sie ihr eigenes Obst und Gemüse anbauten. Schon als Kind half meine Mutter eifrig in den Familienunternehmen mit, auch wenn sie eher ein Freigeist war – künstlerisch begabt und unabhängig.

Für damalige Verhältnisse und besonders im konservativ-katholisch geprägten Polen heiratete meine Mutter spät, erst Anfang 30. Sie wollte sich nicht abhängig machen. 1985 heiratete sie meinen Vater und bekam mit ihm vier Kinder. Im

Oktober 1989 folgte sie ihm nach Deutschland. Sie ließ alles zurück und wurde durch meinen Vater immer mehr von ihrer Familie isoliert.

Selbst als ihre eigene Mutter im Sterben lag, war es ihr nicht möglich, sie zu besuchen oder auch nur mit ihr zu sprechen. Dieser unvollständige Abschied belastete meine Mutter bis zu ihrem letzten Moment. Mitte der 1990er Jahre trennte sie sich schließlich von meinem Vater. Nach einigen Neuanfängen und Rückschlägen konnten wir Anfang der 2000er Jahre endlich zur Ruhe kommen. Meine Mutter war stets berufstätig und tat ihr Bestes, um uns

Kinder zu versorgen. Oft hatten wir nur das Nötigste.

Essen war oft knapp – ebenso andere Dinge. Doch sie schaffte es immer irgendwie, dass wir durchkamen. Auch wir Kinder wollten unseren Beitrag leisten: Zeitungen austragen, kellnern, putzen – jede*r von uns half mit.

Ich erinnere mich noch gut an eine Situation, als eine Arbeitskollegin meine Mutter fragte, ob sie nicht bereit wäre, eine neue Beziehung einzugehen. Ihre Antwort war klar: „Nein! Ich habe vier kleine Kinder und eine Beziehung wäre für uns eine Gefahr." Sie opferte ihr eigenes Glück, um uns zu schützen. Vielleicht auch, um sich selbst zu schützen. Als älteste von uns vier Kindern war es meine Aufgabe, in Abwesenheit meiner Mutter alles am Laufen zu halten: Die Jüngeren versorgen, bei den Hausaufgaben helfen, Papierkram erledigen und zu Elternabenden gehen. Das haben wir auch später noch beibehalten, als wir älter wurden.

2007 bemerkte ich die ersten Veränderungen im Wesen meiner Mutter. Sie brach den Kontakt zu ihren Arbeitskolleg*innen ab, traf sich weniger mit Bekannten und verlor immer wieder ihre Arbeitsstelle. Einmal kam ich unangekündigt zu ihr und entdeckte Klebezettel an den Küchenschränken, auf denen die Begriffe des Inhalts standen. Auf meine Nachfrage meinte sie, sie habe die deutschen Wörter vergessen und wolle sich einfach nur besser erinnern. Ich fand das seltsam und bat sie, einen Arzt aufzusuchen. Einige Tage später erzählte sie, der Hausarzt habe gesagt, dass alles in Ordnung sei. Die Klebezettel verschwanden, doch sie wurde stiller. Wenn wir alle zusammen waren, beteiligte sie sich immer weniger an den Gesprächen. Ihre einst klare Meinung zu politischen Themen blieb aus. Mit der

Zeit erzählte sie nur noch die immer gleichen Geschichten und stellte immer wieder dieselben Fragen.

2010 kauften mein Mann und ich ein Haus, das groß genug für uns und meine Mutter war. Ich hatte das dringende Bedürfnis, sie näher bei mir zu haben, da sie offensichtlich Hilfe brauchte. Mein 17-jähriger Bruder zog ebenfalls zu uns.

Meine Mutter war starke Raucherin. Eines Abends, als ich aus der Waschküche kam, roch ich Rauch vor ihrer Tür. Sie öffnete nicht, also ging ich wie üblich hinein. Der Fernseher lief, es war nach 21 Uhr und ein Krimi im ZDF spielte. Im Wohnzimmer fand ich sie schlafend mit einer Zigarette in der Hand. Sie hatte ein Loch in die Kolter gebrannt, mit der sie zugedeckt war. Ich weckte sie und löschte den Brand. Meine Mutter behauptete vehement, nicht geschlafen zu haben.

Ein anderes Mal fand ich eine Aluschale mit Essen auf dem Herd. Sie versuchte, die Mahlzeit darin aufzuwärmen, statt in einem Topf. Das Essen war angebrannt und die Schale musste entsorgt werden. Glücklicherweise kam ich früh genug, um Schlimmeres zu verhindern.

Wir suchten viele Ärzt*innen auf, doch keine Diagnose konnte ihren Zustand erklären. Einmal war es Bluthochdruck, ein anderes Mal ein Knoten in der Schilddrüse. Ich fühlte mich hilflos und unverstanden. Monatelang war ihr Verhalten unauffällig und ich klammerte mich an die Hoffnung, dass alles in Ordnung sei.

ALZHEIMER
Strukturierter Tagesplan

Durch die Etablierung von regelmäßigen Routinen und bekannten Aktivitäten im Tagesablauf lässt sich das Wohlbefinden von Personen mit Demenz deutlich verbessern.

Jeder Mensch hat andere Vorlieben und Interessen. Passe den Tagesplan gerne entsprechend an.

Nachfolgend erhältst du einen beispielhaften strukturierten Tagesplan.

Die letzte Autofahrt

Meine Mutter war eine selbstständige und fleißige Frau. Sie nahm jede Arbeit an, die sie bekommen konnte. Für eine ihrer Stellen musste sie im Schichtbetrieb in die Nachbarstadt fahren. Sie war eine geübte Autofahrerin, und bisher hatte es auch keine ernsten Probleme gegeben. Doch in letzter Zeit machte ich mir Sorgen, ob sie noch sicher unterwegs war. Sie fuhr oft nur im ersten oder zweiten Gang und hatte Schwierigkeiten beim Einparken. Schon mehrmals dachte ich daran, sie zu bitten, nicht mehr selbst zu fahren. War das ein Grund, den Autoschlüssel abzugeben? Eines Nachmittags, auf dem Weg zur Spätschicht, rief mich meine Mutter plötzlich ganz aufgeregt an.

„Ich musste anhalten", sagte sie, ihre Stimme zitternd vor Angst. „Die Alarmanlage des Autos ist während der Fahrt angesprungen, und ich kann so nicht weiterfahren."

Ich hatte gerade selbst Feierabend und war zu Hause angekommen. Ohne zu zögern, setzte ich mich sofort wieder ins Auto und fuhr ihr entgegen, ein Stück raus aus unserer Stadt. Da stand sie, den Tränen nahe, völlig aufgelöst und hilflos. Als sie mich ankommen sah, lief sie sofort zu mir. „Das Auto wird gleich in die Luft fliegen, es dreht total durch", meinte sie verzweifelt.

Ich parkte mein Auto mit einem sicheren Abstand und ging zu ihrem Wagen. Auf den ersten Blick fiel mir auf, dass das Gebläse der Heizung voll aufgedreht und die Warnblinkanlage aktiviert war. Das Geräusch der Warnblinker wurde vom Heizungslärm übertönt, aber das blinkende

Cockpit war unübersehbar. Sonst schien alles in Ordnung.

Ich schaltete die Heizung ab und deaktivierte die Warnblinkanlage. Dann drehte ich den Schlüssel, um das Auto auszuschalten, und startete es erneut. Alles funktionierte einwandfrei. Als ich meiner Mutter erklärte, dass es nur die Heizung und die Warnblinkanlage gewesen waren, sah sie mich erstaunt an. „Du hast ein Wunder vollbracht", meinte sie erleichtert, aber immer noch erschüttert. Meine Erklärung, dass nichts weiter passiert war als ein kleines Missgeschick, machte sie verlegen. Trotzdem bat sie mich, sie zur

Arbeit zu fahren, da sie diesem Auto nicht mehr traute.

Ich fuhr sie zur Arbeit, und meine Schwester und ihr Mann holten später das Auto vom Parkplatz ab. Am Abend setzten meine Schwester und ich uns zusammen und waren uns schnell einig: Wir mussten herausfinden, was mit unserer Mutter los war. Bis dahin sollte sie lieber nicht mehr selbst fahren.

Wir beschlossen, eine kleine Notlüge zu benutzen. Wir erzählten ihr, dass das Auto kaputt sei und dass wir sie von nun an zur Arbeit fahren und wieder abholen würden. Obwohl es uns schwerfiel, unsere Mutter anzulügen, sahen wir keine andere Möglichkeit. Zu unserer Überraschung schien Mama glücklich über diese Regelung zu sein.

Wir alle, obwohl voll berufstätig, arrangierten unseren Alltag um sie herum, damit sie ihren gewohnten Tätigkeiten nachgehen konnte. Seitdem ist sie nie wieder Auto gefahren. Nach dem Autoschlüssel hat sich nie gefragt und scheint ihn nicht vermisst zu haben.

Seltsamer Geruch in der Küche

Einmal die Woche fuhren wir gemeinsam einkaufen. Es hatte sich zu einem schönen Ritual für uns entwickelt. Samstag morgens um 9 Uhr tranken wir unseren Kaffee aus und fuhren die Geschäfte ab. Regelmäßig nahmen wir uns Leckereien für den Kaffeetisch mit. Ach, ich erinnere mich noch so gut daran, wie ihr die handgemachten Windbeutel mit

Sahne und Erdbeeren aus unserer Bäckerei geschmeckt haben. Mama war immer für Süßes zu begeistern.

Der Puderzucker verteilte sich auf dem ganzen Tisch, wenn wir uns gegenseitig neckten, dass nun das nächste Kilo auf unserer Hüfte landen würde, und dabei herzlich lachten. Zu diesem Zeitpunkt war sie noch relativ selbstständig. Sie räumte ihre Wohnung auf, wusch ihre Wäsche und kochte auch noch. Das wurde mit der Zeit immer weniger. Ein einschneidender Moment für mich war, als ich mich tagelang über den Geruch in der Küche wunderte. Es roch intensiv und unangenehm, süßlich beißend.

Es fällt mir schwer, diesen Geruch zu beschreiben. Ganz sicher werde ich ihn nie vergessen und immer wieder erkennen. Eine Mischung aus faulen Eiern, säuerlicher Milch und einem Hauch metallischen Eisens. Der Geruch kam aus der Küche meiner Mutter. Die Küche sah sauber aus. Es lag nichts herum. Der Mülleimer war geleert. Doch der Geruch wurde von Tag zu Tag schlimmer. Meine Mutter schien ihn nicht zu bemerken, mich hingegen störte er extrem, und ich beschloss, dem auf den Grund zu gehen.

Ich begann mit dem Kühlschrank. Hier und dahinter war nichts

Ungewöhnliches zu finden. Der Geruch schien hier auch nicht so stark. Als ich dann die Küchenschränke und Schubladen öffnete, wurde der Gestank immer stärker. Im Schrank mit den Küchentüchern war der Geruch am schlimmsten. Die Tücher sahen auf den ersten Blick wie immer aus. Ich räumte den Schrank aus. Bereits nach den ersten Tüchern sah ich dann den Übeltäter. Es war eine Packung Hackfleisch. Das Fleisch hatte bereits eine graue und grünliche Farbe angenommen. Fleischsaft trat aus.

Ich holte sofort einen Müllbeutel und entsorgte das verrottete Fleisch draußen in der Tonne. Mama konnte sich nicht erklären, wer das Fleisch in den Schrank gelegt hatte.

Sie war es sicher nicht.

ALZHEIMER

Beispiel für einen Strukturierten Tagesplan

Morgens

07:00 - 08:00 Uhr
Aufstehen und Morgentoilette

Beginne den Tag mit einem sanften Weckritual. Plane genügend Zeit für die Morgentoilette, damit keine Hektik entsteht. Ein vertrautes Gesicht, das bei der Körperpflege hilft, kann sehr beruhigend wirken.

08:00 - 09:00 Uhr
Frühstück

Ein nahrhaftes Frühstück ist wichtig. Sorge für eine ruhige und angenehme Atmosphäre beim Essen. Vermeide unnötige Ablenkungen und biete bekannte, leicht zu essende Lebensmittel an.

09:00 - 12:00 Uhr
Morgenspaziergang, leichte Bewegung, Kreative Aktivitäten

Ein kurzer Spaziergang an der frischen Luft oder einfache Dehnübungen können Wunder wirken. Bewegung hilft, den Kreislauf in Schwung zu bringen und fördert das Wohlbefinden. Du kannst auch diese Zeit für kreative oder kognitive Aktivitäten wie Malen, Basteln oder einfache Spiele. Diese Aktivitäten fördern die geistige Aktivität und bieten die Möglichkeit, positive Erfahrungen zu machen.

Der Senioren Club

Im Januar 2019 konnte meine Mutter nicht mehr arbeiten. Seit einigen
Wochen war sie krankgeschrieben,
uns wurde bewusst, dass sie niemals
wieder in ihren Beruf zurückkehren
würde. Wir hatten gemeinsam mit
der Neurologin alles versucht, um ihr
den gewohnten Tagesablauf zu ermöglichen. Hochschwanger und den
Tränen nahe räumte ich schließlich

ihren Spind an ihrer Arbeitsstelle aus. Ihre Kolleg*innen waren tief betroffen. Ihr Schichtleiter vertraute mir an, dass er froh sei, dass meine Mutter nicht mehr zur Arbeit kam, da sie zuletzt sehr verändert auf ihn wirkte. Diese Worte zu hören, selbst wenn sie nicht überraschend kamen, war hart.

Obwohl sie physisch noch bei uns war, hätten nur wenige bemerkt, dass sie an Alzheimer litt, wenn sie es nicht wussten. Sie entwickelte Strategien, um zu überleben. Oft lachte sie und antwortete mit einem simplen „Ja, ja", wenn sie etwas gefragt wurde. Sie ging noch in die

Stadt einkaufen, vergaß aber oft, wie man bezahlte oder was sie eigentlich wollte. In ihrem Portemonnaie hatte sie mehrere Zettel mit ihrer EC-PIN-Nummer. Wir lebten in einer Kleinstadt, und ich ließ sie so lange wie möglich selbstständig bleiben. Ich wurde zu ihrer Assistentin, half ihr morgens beim Waschen und Anziehen. Zuerst war ich nur ihr Weckdienst, sie wählte ihre Kleidung selbst aus. Doch eines Tages sagte sie, sie könne sich nicht anziehen, da sie keine Kleidung habe. Als ich ihren Kleiderschrank öffnete, sagte sie: „Ah, da hast du alles versteckt." Von da an wählten wir gemeinsam ihre Kleidung aus. Auch das

Waschen übernahm ich mit der Zeit. Sie wusste nicht mehr, wie sie Seife abwaschen sollte, und Körperhygiene wurde zunehmend zu einem Problem. Sie wusch sich nach der Toilette nicht mehr die Hände oder spülte nicht, duschen konnte sie nur mit Unterstützung. Trotz all meiner Bemühungen bekam sie immer wieder Augeninfektionen und Blasenentzündungen.

Mein Baby war gerade geboren, und ich trug es nah bei mir, um es zu schützen. Beim Duschen meiner Mutter legte ich mein Kind im Kinderwagen im Flur ab oder trug es in einer Babytrage am Körper. Wir hatten mittlerweile einen ambulanten Pflegedienst, der morgens und abends kam, ihr die Tabletten gab und sie beim Duschen unterstützte. Die Pfleger*innen versuchten stets, sie zum Duschen zu bewegen, doch oft vergeblich. Ich verstand meine Mutter. Bei mir musste sie sich nicht verstellen.

Eine lange Zeit war die Tagespflege in unserer Stadt noch ein Lichtblick. Die Mitarbeiter*innen waren herzlich und bemüht, ihr einen schönen Tag zu bereiten. Sie gingen spazieren, sangen, bastelten und kochten. Es herrschte eine familiäre Atmosphäre. Besonders die polnische Mitarbeiterin Magda war ein

Segen. Meine Mutter sprach gut Deutsch, verlor jedoch mit Fortschreiten der Krankheit die Fähigkeit, es zu sprechen. Verstehen konnte sie alles noch. Magda half oft als Übersetzerin, sodass sich meine Mutter lange wohlfühlte.

Doch auch das endete. Durch die Corona-Pandemie 2020 konnte meine Mutter die Tagespflege lange Zeit nicht besuchen. Als dies unter Auflagen wieder möglich war, konnte ich sie nach einem Schub nicht mehr motivieren, ihren Seniorenclub zu besuchen. Sie rutschte in eine tiefe Depression, und mein Alltag wurde zunehmend unberechenbarer.

Nächtlicher Besuch

Nach und nach verlor meine Mutter das Gefühl für Tag und Nacht. Manchmal war sie die ganze Nacht wach und schlief bis zum Mittag, an anderen Tagen schlief sie nur einige Stunden und lief ansonsten im Kreis durch ihr Wohnzimmer. Wir gingen mehrmals täglich spazieren, um ihren Bewegungsdrang zu stillen. Irgendwann wollte sie jedoch auch das Haus nicht mehr verlassen. Der

Fernseher lief grundsätzlich durchgehend. Es störte uns nicht.

Eines Nachts, es war gegen halb zwei, wachte ich auf und nahm eine Gestalt neben meinem Bett wahr. Ich erschrak, es war meine Mutter. Wir wohnten im selben Haus – sie im Erdgeschoss und ich mit meiner Familie im Obergeschoss. Unsere Türen verschlossen wir nie.

Meine Mutter sah mich an, sagte jedoch nichts. Als ich sie fragte, was los sei, meinte sie, ihr Fernseher sei kaputt und ob ich mal nachschauen könnte. Das tat ich auch. Sie hatte einfach den falschen Knopf auf der

Fernbedienung gedrückt. Diese Situation wiederholte sich einige Male.

Mal lief sie mit einer Taschenlampe auf den Dachboden, ein anderes Mal stand sie in meiner Küche.

Als sie dann eines Nachts neben dem Babybett meines Sohnes stand, packte mich pure Angst. Ich liebte meine Mutter, aber könnte sie meinem Baby ungewollt schaden? Es fallen lassen oder es zu fest zudecken? Am nächsten Tag baute mein Mann einen Türdrücker mit Zahlenkombination an unsere Haustür ein. Meine Mutter lief immer noch nachts durchs Haus, konnte nun aber nicht mehr unbemerkt in unsere Wohnung kommen und war gezwungen zu klopfen. Oft hatte ich Angst, dass sie das Haus verlässt oder andere gefährliche Dinge tut.

In jedem Raum hatten wir nun teils mehrere Rauchmelder. Ich fühlte mich immer weniger wohl.

Die Tage vergingen zäh, und obwohl wir versuchten, ein gewisses Maß an Normalität aufrechtzuerhalten, lag immer ein Hauch von Anspannung in der Luft. Meine Mutter schien immer weiter in ihre eigene Welt abzudriften.

Die Nächte blieben weiterhin unruhig. Obwohl sie jetzt gezwungen war zu klopfen, kam meine Mutter immer wieder nachts hoch. Manchmal dachte ich darüber nach, professionelle Hilfe in Anspruch zu nehmen, doch der Gedanke, meine Mutter in ein Pflegeheim zu geben, erfüllte mich mit Schuldgefühlen.

Eines Nachts, als ich wieder einmal wach lag und den vertrauten Rhythmus ihres Schrittes im Haus hörte, wurde mir klar, dass einige Fragen keine endgültigen Antworten haben.

Wir würden einfach weiter jeden Tag nehmen, wie er kommt, in der

Hoffnung, dass Liebe und Fürsorge uns durch diese schwere Zeit führen würden.

Ein Gefühl der Sicherheit

Es war Herbst 2020. Mein Mann kam von der Arbeit nach Hause, als er meine Mutter im Flur vorfand, wie sie mit Werkzeugen aus unserem Keller an ihrem Türschloss hantierte. Neben ihr stand ein Stuhl, den sie offenbar benutzen wollte, um die Tür von innen zu blockieren. Bisher hatte sie ihre Tür nie abgeschlossen, aber jetzt wollte sie ein neues Schloss mit einem Schlüssel. Sie fühlte sich unsicher in ihrem eigenen Zuhause, und diese Unsicherheit war ein Symptom eines neuen Schubs. Mittlerweile hatten wir gelernt, damit umzugehen, aber es war immer noch belastend.

Ich schickte meinen Mann in den Baumarkt, um ein einfaches Schloss mit zwei Schlüsseln zu kaufen und es einzubauen. Mir war es lieber, dass sie die Tür abschließt und wir im Notfall den Ersatzschlüssel benutzen können, als dass sie die Tür mit Möbeln blockiert. Tatsächlich schloss sie die Tür nur zweimal ab und vergaß es dann wieder.

Es war eine herausfordernde Situation, die jedoch hätte schlimmer ausgehen können. Eines war für mich jedoch immer klar: Es war von größter Wichtigkeit, meine Mutter ernst zu nehmen und ihre Wünsche zu respektieren. Ihre Sicherheit und ihr Wohlbefinden standen an erster Stelle.

ALZHEIMER
Beispiel für einen Strukturierten Tagesplan
Mittags

12:00 - 13:00 Uhr
Mittagessen

Plane ein leichtes, aber ausgewogenes Mittagessen.
Achte darauf, dass die Mahlzeit in einer ruhigen
Umgebung eingenommen wird. Gemeinsames Essen ist
besonders angenehm.

13:00 - 14:00 Uhr
Ruhezeit oder Mittagsschlaf

Gönne dir und eine Ruhepause. Ein kurzer
Mittagsschlaf kann sehr erholsam sein und hilft, die
Energie für den Nachmittag zu bewahren.

14:00 - 18:00 Uhr
Soziale Interaktion und leichte Aktivitäten

Treffe Freunden oder Familie, wenn möglich, oder
nimm an einer kleinen Gruppenaktivität teil. Soziale
Interaktion ist wichtig für das emotionale
Wohlbefinden. Alternativ kannst du auch gemeinsam
ein Buch lesen oder Musik hören. (Puzzeln, Spazieren
gehen...)

Schwere Entscheidung

April 2021. Mein jüngster Sohn war gerade einmal vier Wochen alt, und meine Mutter wurde zusehends hilfloser und unberechenbarer. Keine Minute des Tages konnte ich sie alleine lassen, weder tagsüber noch nachts. Sie war nicht mehr in der Lage, sich selbst zu versorgen. Das Schlucken fiel ihr schwer, und sie wusste nicht mehr, was ein

Kühlschrank war oder wie man Besteck benutzte. Dabei war sie erst 66 Jahre alt und körperlich noch erstaunlich mobil.

Sie wanderte oft durch ihre Wohnung oder unser Haus, stand am liebsten am Fenster und blickte hinaus. Spazierengehen mochte sie nicht mehr. Die Welt draußen machte ihr Angst. Meine Kinder erkannte sie oft nicht und war in deren Gegenwart extrem unruhig. Ich vermute, dass es an der Energie und Lebendigkeit der Kinder lag, die für sie zu viel wurde. Dadurch wurde es auch für mich immer schwieriger, alles unter einen Hut zu bekommen.

Jedes Mal, wenn ich das Haus verlassen musste, plagte mich die Angst um sie. Was, wenn sie mich brauchte? Was, wenn sie sich verletzte oder jemand Fremden hereinließ? Diese Sorgen fraßen an mir. Ich liebte meine Mutter und wollte für sie da sein, doch es war kaum noch zu schaffen. Als mein älterer Sohn zwei Jahre und mein jüngster sechs Wochen alt waren, fiel die Entscheidung: Meine Mutter musste in ein Pflegeheim ziehen. Die Corona-Beschränkungen machten das Ganze nicht einfacher.

Gemeinsam mit meiner Schwester passten wir uns an die neue

Situation an. Jeden Tag besuchte eine von uns unsere Mutter, für die vom Pflegeheim gestatteten eineinhalb Stunden. Oft überzogen wir die Besuchszeit, bis man uns bat zu gehen. Das Pflegepersonal war froh um unsere Unterstützung, denn sie hatten viele Menschen zu betreuen, die ihre Aufmerksamkeit brauchten. Die täglichen Besuche erforderten einen aktuellen Corona-Test, was zusätzlich Zeit und Organisation in Anspruch nahm. Doch wir taten es – für sie.

Während unserer Besuchszeiten kümmerten wir uns um unsere Mutter, wuschen sie, spielten mit ihr oder hielten einfach ihre Hand beim Fernsehen. Man sah ihr nicht an, woran sie litt, und so kam es, dass sie eines Tages unbemerkt das Pflegeheim verließ und einer Gruppe anderer Bewohner folgte. Kurz nach zwölf Uhr mittags sah ich sie aus meinem Wohnzimmerfenster. Sie war die eineinhalb Kilometer zurück nach Hause gelaufen. Es war schwer, sie wieder ins Heim zu bringen, aber letztlich blieb uns keine andere Wahl. Das Heim bedeutete für uns auch eine Erleichterung. Ich konnte das Haus ohne ständige Sorge verlassen und nachts besser schlafen, wenngleich mich Schuldgefühle plagten. Hatte ich sie im Stich gelassen? Bei ihrer Diagnose hatte sie gesagt, sie wolle sterben, statt in ein Heim zu müssen. Und ich hatte ihr versprochen, dass sie Zuhause bleiben dürfte. Dieses Versprechen hatte ich nun gebrochen.

Eine Pflegerin fragte mich einmal, ob die Personen in den vielen Bilderrahmen zur Familie gehörten. Wir hatten das Zimmer unserer Mutter mit ihren liebsten Fotos geschmückt. Als ich bestätigte, dass es Familienbilder waren, runzelte die Pflegerin die Stirn. Meine Mutter behauptete, die Menschen auf den Bildern nicht zu kennen – es seien Fremde oder Musterbilder aus neuen Rahmen.

Dass sie unsere Kinder manchmal nicht erkannte, war ich gewohnt, aber ihre eigenen Eltern nicht wiederzuerkennen, war neu.

Immer, wenn ich ihr Zimmer betrat, sprang sie von ihrem Fernsehsessel auf und fragte: „Gehen wir?“ Auf meine Frage, wohin sie gehen wolle, antwortete sie stets: „Nach Hause.“ Es brach mir das Herz, ihr sagen zu müssen, dass dies nun ihr Zuhause war.

Meine Mutter blieb zwei Monate im Pflegeheim. Am 2. Juli 2021 erhielt ich frühmorgens einen Anruf. Sie sei im Krankenhaus, sie habe sehr viel

Blut im Stuhl. Sie war bereits in der Nacht eingeliefert worden. Ich war weniger vom Blut erschrocken, als von dem Gedanken, dass sie stundenlang an einem fremden Ort mit fremden Menschen war. In früheren Krankenhausaufenthalten war immer eine von uns bei ihr gewesen, um die Infusionen im Auge zu behalten, die sie regelmäßig herausriss, weil sie sie störten. Doch diesmal war sie allein, und niemand hatte angegeben, dass sie an Alzheimer litt. Wir wurden nicht sofort informiert.

Meine Schwester fuhr direkt ins Krankenhaus, ich folgte später. Es war schrecklich. Meine Mutter lag im

Flur der Notaufnahme und wartete auf eine Untersuchung. Sie wusste nicht, wo sie war oder warum. Nach mehreren Tagen erhielten wir die Diagnose: Man konnte ihr nicht mehr helfen. Wir konnten ihr nur noch die verbleibende Zeit so leicht wie möglich machen.

ALZHEIMER
Beispiel für einen Strukturierten Tagesplan
Abends

18:00 - 19:00 Uhr
Abendessen

Das Abendessen sollte leicht und bekömmlich sein.
Achten Sie darauf, dass das Essen in einer ruhigen und
angenehmen Atmosphäre eingenommen wird.
Vermeiden Sie schwere Speisen, die den Schlaf
beeinträchtigen könnten.

19:00 - 20:00 Uhr
Abenderholung und Vorbereitung auf die Nacht

Bereite dich auf die Nachtruhe vor, indem du ein
warmes Bad oder eine entspannende Routine
einplanst. Vermeide aufregende Aktivitäten und
schaffe eine beruhigende Umgebung. Lese eine
Geschichte vor oder höre sanfte Musik.

20:00 Uhr
Schlafenszeit

Ein konsistenter Schlafrhythmus ist sehr wichtig.
Sorge für eine angenehme und ruhige
Schlafumgebung, um einen erholsamen Schlaf zu
fördern. Stelle sicher, das dein Schlafbereich ruhig ist.
Vermeide Fernsehen und nutze lieber ruhige Musik.
Stelle die Nachtlichter an.

Nach Hause kommen

Die Entscheidung fiel mir leicht: Meine Mutter sollte nicht im Krankenhaus oder im Pflegeheim sterben. Sie sollte nach Hause kommen. Die Ärzte sagten, ihr blieben maximal vier Monate.

Ich sprach mit der Pflege- und Krankenkasse, organisierte ein Pflegebett und räumte ihre Wohnung um.

In den zwei Monaten ihrer Abwesenheit hatte ich nichts verändert. Die Wohnung sah noch genauso aus, wie sie sie verlassen hatte. Ich war wie auf Autopilot, erledigte alles Notwendige.

Über eine Agentur fand ich eine polnische Pflegekraft, die in wenigen Tagen anreisen konnte. Das Geld dafür musste ich mir borgen. Am 12. Juli kam meine Mutter endlich nach Hause.

Das Erste, was sie sagte, als der Krankentransport sie durch die Wohnungstür schob, war: „Endlich zu Hause."

Sie bekam Sauerstoff und Opiate.

Es war kaum zu ertragen, sie so zu sehen.

Ich fragte mich, wie lange sie schon Schmerzen hatte. Im Krankenhaus erklärte man uns, dass Alzheimer-Patient*innen oft nicht in der Lage sind, ihren Schmerz richtig auszudrücken. Meine Mutter muss schon lange gelitten haben.

Mit Unterstützung ging sie noch zur Toilette, doch essen wollte sie nichts mehr. Sie hatte keinen Hunger. Wir überredeten sie zum Trinken. Der

Palliativdienst sagte uns, dass es jederzeit zu Ende sein könnte, aber wir sie vielleicht noch einige Wochen bei uns haben würden. Am 16. sollten sie wieder nach ihr schauen. Mama war nur noch ganz kurz wach und schlief die meiste Zeit.

Am 13. Juli erfuhren wir, dass ihr jüngerer Bruder in Polen an Krebs verstorben war. Ihre Nichte wollte sie nochmal sprechen. Ich glaube, meine Mutter hat in ihren letzten Tagen ihren Frieden gefunden. Sie verstand nicht alles, aber die Gesichter ihrer Lieben, die vertraute Umgebung und die bekannte Musik entspannten sie sehr.

Am 15. Juli, abends, hörte meine Mutter auf zu atmen. Sie schlief friedlich in ihrem Wohnzimmer ein, umgeben von vertrauten Gegenständen, Gerüchen und im Kreise ihrer Kinder und Enkelkinder.

Der Verlust ist unermesslich schwer, und doch bin ich erleichtert. Erleichtert, dass meine geliebte Mutter nicht mehr leiden muss.

Dass sie jetzt frei ist. Dass sie bei denen ist, die schon vorgegangen sind.

Der Gedanke, dass sie dort wieder glücklich ist und auf uns schaut, auf mich wartet, ist ein Trost.

Loslassen

Als der Leichenwagen am nächsten Morgen vor unser Haus fuhr, realisierte ich plötzlich, dass ich eine Beerdigung organisieren musste. Gerade erst hatte ich mich darauf vorbereitet, meine Mutter nach Hause zu holen. Jetzt jedoch musste ich mich damit abfinden, dass sie gegangen war. Der Übergang vom Leben zum Tod war sowohl mental als auch physisch eine gewaltige

Herausforderung. Ich führte mechanisch alle notwendigen Aufgaben aus: Sterbefallanzeige, Einäscherung, Bestattung. Ich glaube nicht, dass ich in dieser Zeit wirklich getrauert habe. Ich stand unter Schock.

Alles ging so schnell. Einige Wochen später stand ich vor dem Baum im örtlichen Bestattungshain, unter dem meine Mutter ihre letzte Ruhe gefunden hatte. Der Bestatter verlas die abgestimmte Traueransprache, und die Lieblingslieder meiner Mama - „Przetańczyć z Tobą chcę" von Anna Jantar und „Einmal sehen wir uns wieder" von Joel Brandenstein - wurden gespielt.

Mein älterer Sohn, zwei Jahre alt, verstand nicht wirklich, was vor sich ging. Mein Baby lächelte in meinen Armen. Es war eine Situation zum Weinen und Lachen zugleich. Meine Mutter hätte definitiv gelacht. Sie ist nun ein Teil des Baumes, des Waldes und des Lebens geworden.

Die Tochter meiner Schwester wurde eine Woche vor dem Tod meiner Mutter vier Jahre alt. Sie malte ihrer Oma ein Erinnerungsbild für den Himmel, dass uns alle zusammen bei einem Spaziergang zeigt. Dieses Bild haben wir in unsere Todesanzeige drucken lassen und es mit ihrer Urne begraben. Auch ihre

Lieblingsblumen aus dem Garten ha-

ben wir ihr mitgegeben.

Du warst der Mittelpunkt unseres
Lebens.
Das Bindeglied der Familie.
Dich ersetzen kann keiner.
Du wurdest aus unserem Leben
gerissen.
Deine Fürsorge, Deine Freundlich-
keit, Deine Liebe und Wärme ver-
missen wir jeden Tag.
Du warst die beste Mama und
Oma.
Wir lieben Dich sehr.
In unseren Herzen bleibst du für
immer.
Eines Tages werden wir uns
wiedersehen.

Die Trauerrede

„Man kann dir alles nehmen, nur das in deinem Kopf gehört dir.“
Diese Worte bilden den Slogan für den heutigen Abschied von Maria, zu dem wir uns hier im Bestattungshain versammelt haben. Ich möchte euch alle herzlich willkommen heißen.

Der Satz „Man kann dir alles nehmen, nur das in deinem Kopf gehört dir" fängt das Wesen des Lebens eurer Mutter und Großmutter ein.

Egal, was das Leben ihr in den Weg stellte, Maria trug stets das, was sie im Kopf und Herzen hatte, mit sich. Diese innere Stärke gab ihr Kraft. Heute, an dem Tag, an dem wir sie zur letzten Ruhe betten, wünsche ich euch, dass ihr nach eurer tiefen Trauerphase dankbar zurückblicken könnt und euch immer an das erinnert, was sie euch beigebracht hat.

„Was man im Kopf und im Herzen mit sich trägt, kann einem keiner nehmen."

Liebe, Werte, Erinnerungen und Hoffnung – das sind die Dinge, die uns bleiben.

Liebe

Maria liebte euch, ihre Kinder und Enkel, aus tiefstem Herzen. Sie war Tag und Nacht für euch da, arbeitete hart und fand dennoch immer Zeit für ein offenes Ohr und guten Rat. Liebe ist stärker als der Tod. Vergesst nie, dass sie euch geliebt hat und lasst euch eure Liebe nie nehmen.

Werte

Zusammenhalt. Maria war euer sicherer Hafen, ein Ort der Geborgenheit und des Zusammenhalts, von dem aus ihr gestärkt in die Welt hinausfliegen konntet, wissend, dass ihr immer zurückkehren könnt.

Fleiß

Maria wusste, dass nichts im Leben geschenkt wird. Sie erkannte die Bedeutung einer guten Bildung und führte euch vor Augen, dass harte Arbeit der Schlüssel zum Erfolg ist. Sie lebte Verantwortungsbewusstsein vor, indem sie vier Kinder allein großzog und hart arbeitete, um euch ein besseres Leben zu ermöglichen.

Maria lehrte euch, euren eigenen Werten treu zu bleiben und euch für niemanden zu verbiegen. Diese Stärke und Entschlossenheit hat sie euch mitgegeben, und diese werdet ihr sicher an eure Kinder weitergeben.

Hoffnung und Träume

Maria fand Kraft in den kleinen Freuden des Lebens: eine gute Tasse Kaffee, ein Eis, ein Glas Wein in geselliger Runde – am liebsten mit euch. Tägliche Spaziergänge,

Mittagsruhe mit den Enkeln und gemeinsame Abendessen gaben ihr Energie.

Auch wenn sie zu früh von uns ging und ihr sicherlich noch viel miteinander zu bereden gehabt hättet, tröstet euch mit dem Wissen, dass ihr alles getan habt, um ihr in der Krankheit so viel Komfort wie möglich zu bieten. Sie wollte gute Menschen aus euch machen, und das hat sie geschafft. Seid stolz auf euch selbst!

(Jeske, Bestatter und Lilly)

Heute

Heute kann ich mit Gewissheit sagen, dass es damals schon Alzheimer gewesen sein muss. Die Anzeichen kann ich heute klarer deuten.

Damals dachten wir, sie hätte einen Hirntumor – genau wie meine Tante zuvor.

Die Erkenntnisse über Alzheimer und andere Demenzerkrankungen schreiten stetig voran, und das Wissen wird immer umfangreicher. Doch zu jener Zeit waren wir ganz auf uns allein gestellt. Für meine Mutter gab es keine wirksame Medikation oder Therapie. Die Belastung auf uns Kinder war immens. Von keiner Seite erhielten wir Hinweise auf Hilfsangebote oder Unterstützungsmöglichkeiten – alles mussten wir mühsam selbst herausfinden. Neben meinem Vollzeitjob und später auch der Betreuung meiner eigenen Kinder. Tatsächlich stieß ich bei meiner damaligen Führungskraft auf wenig Verständnis, wenn ich keine Überstunden machen konnte oder spontan frei nehmen musste, um

Arzttermine zu organisieren. Heute, nur wenige Jahre später, hat sich die Einstellung der Gesellschaft zu Demenz und pflegenden Angehörigen stark verändert. Es ist mittlerweile fast normal, darüber zu sprechen. Diese Offenheit begrüße ich sehr und freue mich, dass wir nun offen über dieses wichtige Thema sprechen können.

Alzheimer nimmt Stück um Stück unsere Lieben mit sich. Umhüllt sie mit dickem trübem Nebel.

Sie beschimpfen und misstrauen nicht dir. Sie beschimpfen und misstrauen Alzheimer. Sie selbst sind teils nicht mehr da. Nur Fragmente ihrer selbst.

Das bleibt

Die letzten gemeinsamen Jahre waren vollständig von Alzheimer geprägt, dennoch haben Verlust und Schmerz nicht alles überschattet. In meiner Erinnerung leuchten so viele wunderschöne Momente aus meiner Kindheit auf, besonders die Tage im Garten.

Ich kann noch immer den Geschmack von reifen Tomaten auf

meinen Lippen spüren, die direkt von der Pflanze in meinen Mund wanderten, noch warm von der Sonne. Das fröhliche Lachen meiner Mutter hallt in meinem Gedächtnis wider, als sie mich beim Naschen der Tomaten erwischte.

In meiner Jugend verbrachten wir viel Zeit gemeinsam mit unterschiedlichen Projekten. Ich erinnere mich an das eine Jahr, ich war etwa 13, als wir zusammen ein Sailor Moon Kostüm für die Faschingsparty meiner Schule nähten. Es war eine besondere Zeit des Lernens und ein exklusiver Moment nur für uns beide.

Wir liebten es, gemeinsam zu kochen und zu backen, oder im Garten zu arbeiten. Selbst heute noch erinnere ich mich an das gemeinsame Wäsche zusammenlegen und das Schauen von GZSZ, wenn ich ein bestimmtes Waschmittel benutze.

Unvergessen bleibt auch unsere Reise nach Polen, wo ich zum ersten Mal etwas über unsere Wurzeln erfuhr. Es war für sie ein Abschied, den sie mit mir teilte, ein letzter Gruß an ihre ursprüngliche Familie. Wir besuchten das Grab meiner Großeltern und trafen die noch verbliebene Familie. Das Gefühl zu haben, eine große Familie zu besitzen, war seltsam. In Deutschland waren es immer nur wir: meine Mama und wir Kinder. Nun gab es so viele Menschen, die genetisch zu uns gehörten. Trotz ihrer langen Abwesenheit strahlte meine Mama eine tiefe Verbundenheit und Glück aus.

Sie schien hierher zu gehören und doch kehrte sie mit mir zurück nach Deutschland.

Es gibt Momente, in denen ich noch ihre feste Umarmung spüre, die Wärme ihrer Hände, wie sie mich als Kind tröstete, und ihre weisen Worte höre, wenn ich von Problemen geplagt bin. „Nicht jedes Problem kannst du sofort lösen, manches braucht etwas Zeit“, sagte sie oft zu mir.

So möchte ich meine Mama in Erinnerung behalten: stark und sanft zugleich, voller Humor und mit der Fähigkeit, selbst in der dunkelsten Stunde ein Lächeln zu schenken.

Ihr warmes, liebevolles Herz, stets bereit, uns zu beschützen, wird immer in mir weiterleben. Die Trauer wiegt schwer und wird es immer tun. Doch nach und nach wird das tiefe Schwarz von den hellen Momenten erleuchtet, die wir zusammen geteilt haben, und von der Wärme der Gegenwart durchzogen. So wird es sein.

ALZHEIMER
Nützliche Links

www.deutsche-alzheimer.de

Wichtige Erklärungen und Informationen, Checklisten, Beratungsstellen, vieles mehr.

www.VDK.de

Größter deutscher Sozialverband.

Es gibt viele regionale Angebote. Auch Foren und Facebook/Instagram Gruppen können hilfreich sein.

Erinnerungen!

Als du in den Wolken warst

Leben

Das Leben? …. Leben.

Am Leben.

Atmen.

Freiheit. Raum.

Was ist die Bedeutung von

Leben?

Nicht im biologischen Sinn!

Oder doch?

Wir fragen uns, ist das mein

Leben?

Will ich so leben?

Wann kann ich endlich leben?

Anstatt zu ……………..leben.

Diese Erinnerungen sind ein Ausschnitt meines Lebens, das ich nicht lebte, sondern, nur erlebte, ohne wirklich zu leben.

Denn die Zeit stand still.

Das Leben floss und passierte, passierte ohne mich.

Ich war bei ihr!

Und war es bis heute.

Auch ohne sie.

Sie ist wieder frei.

Frei vom Nebel und den Wolken in ihren   Gedanken.

Doch ich blieb.

Blieb allein.

War froh, dass sie ging, um frei zu
sein.

Doch ich blieb und das Leben
passierte.

Ich erwachte heute.

Nach vielen Jahren.

Mit diesen nächsten Zeilen
für euch.

Und vor allem nur für mich.

Ich lebe

Niemals möchte ich werden wie Oma

Vor vielen Jahren musste ich in der Schule einen Stammbaum erstellen. Wir haben dabei mir unbekannte Verwandte notiert. Du erzähltest mir von deinem Vater, einem angesehenen Herrenschneider, dessen Talent, die schönsten Faschingskostüme zu nähen, du geerbt hattest.

Nächte habt ihr in der Küche verbracht, über die Nähmaschine gebeugt, während du von deiner Mutter sprachst. Nach dem Tod deines Vaters hielt sie die Familie und das Geschäft am Laufen. Sie war die schönste Frau, die du je gekannt hast.

Dein Vater hatte dir oft erzählt, wie umworben sie als junge Frau war und wie sehr er sie für ihr Herz und ihre Wärme liebte. Trotz aller Verehrer hatte sie immer nur Augen für deinen Vater. Ihr habt oft gemeinsam gelacht, vor allem wegen seines schwarzen Humors. Dieses Lachen fehlt dir sehr. Deine Mutter, meine

Oma, wollte dich vor den dunklen Stunden in deinem Leben beschützen, was du damals nicht sehen konntest. Du stürztest dich ins Leben, und es schlug zurück. Wie sehr mich meine Oma geliebt hat und mich nicht verlieren wollte, sprachst du nur ganz leise aus, denn ich erinnerte mich kaum an sie. Ich war keine vier Jahre alt, als ich sie zuletzt sah. Die folgenden Jahre waren so ereignisreich, dass sie aus meinem Gedächtnis gelöscht wurde.

Ich wünschte, es wäre anders. Du sagst mir oft, wie sehr ich ihr ähnele und schaust mir dabei tief in die Augen. Dann erzählst du von deiner Oma, meiner Uroma. Wir wohnten bei ihr. Sie war 99 Jahre alt und ein richtiges Biest, sagst du. Immer meckerte sie, und nichts war ihr recht. Oft ging sie verloren, und ihr musstet sie im ganzen Ort suchen, stundenlang bei Wind und Wetter. Sie irrte verwirrt umher, manchmal erkannte sie uns nicht mehr. Ihr musstet sie überreden, mit euch, den vermeintlichen Fremden, in ein Zuhause zu kommen, das sie nicht mehr erkannte. Oft lief sie zu der Stelle, wo einst ihr Haus stand, das längst einer Wohnungsbaugesellschaft gewichen war.

Deine Oma war die Tochter eines verarmten polnischen Landgrafen. Anna, deine Oma, hatte ein hartes

Leben geführt. Zwei Ringe mit einem roten und einem grünen Stein sind dir von ihr geblieben. Du wünschst dir, dass wir den Ring mit dem roten Stein in vier einzelne kleine Schmuckstücke umarbeiten lassen, damit jedes Kind etwas von ihr und von dir hat.

Du schaust auf den Stammbaum und sagst: „Lieber bekomme ich Krebs, eine andere Krankheit oder sterbe einfach, aber mein Gedächtnis möchte ich unter keinen Umständen verlieren." Mit allem konntest du umgehen. Du hast deine Mutter und deine Schwester an Krebs sterben sehen. Deine Mutter starb in ihren

Fünfzigern und deine Schwester in ihren frühen Vierzigern. Diese frühen Verluste erschreckten dich weniger als die Vorstellung, dein Gedächtnis zu verlieren.

Damals verstand ich das nicht. Wie konnte man eine schlimme Krankheit einer kleinen Vergesslichkeit vorziehen? Heute verstehe ich dich gut. Gegen eine Krebsdiagnose hättest du kämpfen können. Gegen das Verblassen der Farben in deinem Geist warst du jedoch machtlos

.

Nur was du im Kopf hast, gehört dir!

„Nur was du im Kopf hast, gehört dir!" Wie oft du diesen Satz zu mir gesagt hast, kann ich gar nicht zählen.

In diesen Momenten wusstest du noch nicht, dass du auch das verlieren wirst. Dieser Satz, der mich durch meine Jugend begleitet hat, der mich inspiriert und ermutigt hat, stellte sich als eine unbewusste Lüge heraus – für mich, für dich, für unsere kleine Familie.

Von klein auf warst du gewöhnt, dir alles zu erarbeiten. Du liebtest deine Unabhängigkeit und hast für alles in deinem Leben hart gekämpft. In den dunkelsten Stunden hast du entschlossen gehandelt. Du warst mutig und hast uns und dich beschützt, alles Materielle vielfach verloren, aber ebenso oft wieder aufgebaut. Wir waren lange auf der Flucht, ohne ein Zuhause der Sicherheit. Doch mit all deiner Kraft, die eigentlich gar nicht da war, hast du uns immer wieder ein neues Zuhause geschaffen.

Dein eiserner Wille hat uns gerettet. Du warst allein mit vier traumatisierten Kindern, deren Herzen voller Angst und Trauer waren. Sie hatten kein Vertrauen mehr in sich und andere, nur noch in dich. Wir wussten, dass du alles für uns tun würdest. Immer.

Jedes Mal, wenn das Gefühl des Verlustes oder des Nicht-gut-genug-seins überwältigend wurde, sagtest du mir oft: „Man kann dir alles nehmen." Du machtest eine allumfassende Geste mit deiner Hand und berührtest meine Wange. Deine Hand war rau von der vielen Arbeit, aber ich spürte die Wärme. „Das, was du im Kopf hast, das gehört dir allein." Ohne die Worte zu sagen, wusste ich, was du meintest. Wir hatten es zusammen erlebt. Du gabst und gibst mir noch heute Kraft.

Doch meine Sicht auf diesen Satz hat sich geändert. Bis zu deiner Diagnose war ich überzeugt, dass der Verlust von materiellen Dingen zu verschmerzen ist. Warum viel anschaffen, wenn es doch verloren gehen kann? Wissen, Perspektiven, Erfahrungen – all das, so glaubte ich, gehörte uns und könnte uns niemand nehmen. Wir wachsen durch unsere Herausforderungen. Lernen ist alles. Du kannst alles werden und sein, was du möchtest. Kleidung kann dir genommen werden, du kannst schlecht behandelt werden, aber was du im Kopf hast, gehört dir – so dachte ich.

Heute weiß ich, das ist eine Lüge. All das Wissen, die Erfahrungen und Gefühle, all das kann dir genommen werden. Du kannst nichts dagegen tun. Mama, du hast so vieles verloren, so vieles gegeben und warst immer dankbar für deinen wachen Geist. Doch letztlich hast auch du dein Gedächtnis verloren.

Dieser Satz, „was du im Kopf hast, gehört dir", prägt mich auch heute noch sehr. Doch ich will ihn umkehren, sodass er keine Lüge mehr ist. Ich lasse alles aus meinem Kopf heraus, teile es und wandle es um. Zu meinen kleinen Kindern sage ich heute: „Teile dein Wissen, dann wird es mehr. Teile deine Liebe, dann wird sie mehr."

Nichts ist sicher im Leben. Auch die Liebe einer Mutter nicht, denn ihr Gedächtnis lässt sie sich nicht mehr daran erinnern, dass sie liebt und geliebt wird.

Betrug der Gedanken

„Sie mischen mir Tabletten ins Getränk", sagtest du mit zitternder Stimme.

„Absichtlich geben sie mir falsche Arbeitsaufträge, damit sie später behaupten können, ich hätte meine Arbeit nicht richtig gemacht."

Deine Worte klangen anfangs so absurd, dass ich nicht glauben konnte, was ich da hörte. Ich erinnere mich noch genau an den Moment, in dem ich dich fragte, ob du dir wirklich sicher bist. Wie du darauf kommst, dass „sie" – deine Arbeitskolleg*innen – dich vergiften würden. Wir sprachen gründlich über deine Hinweise, deine vermeintlichen Beweise. Ich konnte mir das von deinen scheinbar lieben Kolleg*innen überhaupt nicht vorstellen und sah auch keinen Grund, warum sie dir so etwas antun sollten. Voller Irritation und natürlich auch Angst um dich, versuchte ich mit dir gemeinsam die Situationen und deinen Verdacht aufzuklären.

Du hast in einer Batterieproduktion an einer speziellen Maschine gearbeitet, die spezielle Verschlusskappen herstellt. Immer häufiger wurde dir während der Arbeitszeit schwindlig, und du konntest in manchen Momenten weder lesen noch die gefertigten Stückzahlen notieren. Deine Kolleg*innen beschwerten sich zusehends, dass du falsche Zahlen notiertest und die Qualität deiner Produkte stark nachgelassen habe. Ständig war deine Maschine defekt, weil jemand die Teile falsch einspannte, sodass du andere Arbeiten übernehmen musstest. Du fühltest dich betrogen und konntest nicht nachvollziehen, wie dich deine

Kolleg*innen so hintergehen konnten. „Warum sagen sie nicht einfach, wenn sie mich nicht mögen?", fragtest du verzweifelt.

Wir beschlossen, dass du das Thema am nächsten Tag offen ansprechen würdest. Als ich dich am Abend nach der Schicht abholte, warst du still. Auf meine Frage, wie das Gespräch verlaufen sei, winktest du erschöpft ab. „Ach lass, mein Kopf", sagtest du nur. In den nächsten Tagen und Wochen wurde dein Glaube an eine Verschwörung immer heftiger. Zunehmend konntest du nicht mehr zwischen Realität und den Dingen, die du im Fernsehen sahst, unterscheiden.

Eines Morgens klopftest du heftig an meine Tür. Als ich öffnete, meintest du aufgebracht, ich hätte verschlafen und du kämst meinetwegen zu spät zur Arbeit. Im ersten Moment packte ich schnell meine Sachen zusammen und zog das Erstbeste über. Doch beim Griff nach dem Autoschlüssel fiel mir auf, dass es Sonntag, etwa 5:30 Uhr morgens war. Deine Firma arbeitete nicht an Sonntagen. Ein ungutes Gefühl machte sich in mir breit. Jeder kann sich mal irren... aber deine Wut und Entschlossenheit erschreckten mich.

Dein Gesicht war verzerrt vor Zorn, deine Worte hart und klar. Du warst nicht mehr die Mama, die ich kannte. Als ich dir erklärte, dass du heute nicht arbeiten musst, bestandst du darauf, dass ich dich zur Firma fahre. Unsicher und intuitiv tat ich es. Wenige Minuten später standen wir vor verschlossenen Toren. Nur der Wachmann saß in seinem Häuschen. Du gingst hinein und sprachst mit ihm. Mit wütendem Gesicht kamst du zurück und stiegst wieder ins Auto. „Jetzt haben sie schon die Uhren und Kalender manipuliert. Die stecken alle unter einer Decke und du auch", warfst du mir vor. Auf der kurzen Autofahrt versuchte ich noch mit dir zu reden, aber du schwiegst. Heute weiß ich, dass dies der Höhepunkt einer Psychose war, ausgelöst durch Alzheimer. Eine einsame und schwere Zeit begann für uns beide.

Dein Leben für meines

Geschockt und voller Inbrunst nahm ich unser Schicksal an. Nach deiner ersten alzheimerbedingten Psychose suchten wir einen Arzt auf.

Als du wieder da warst, waren die letzten neun Wochen aus deinem Gedächtnis gelöscht. Du warst wie immer: liebevoll und aufgeweckt. Dennoch spürte ich, dass etwas anders war.

Diese neun Wochen fehlten dir vollständig. Ich erzählte dir von den Ereignissen, und du warst erstaunt, betroffen und traurig – du konntest es kaum glauben. Dein Vertrauen in mich war wieder da, und wir beschlossen erneut, ärztlichen Rat einzuholen. Wir hatten Angst, es könnte ein Schlaganfall oder ein Hirntumor sein. Wir alle waren sehr besorgt und hofften auf eine gute Prognose.

Wir besuchten den Hausarzt, den Internisten, den Kardiologen und den Neurologen. Wir kamen nicht mit einer Diagnose, sondern mit mehreren nach Hause. Nichts davon konnte den Gedächtnisverlust und dein merkwürdiges Verhalten erklären.

Erst Monate später sollte sich unser Bild vervollständigen.

Während einer Routinekontrolle bei deiner Neurologin geschah es. Wir gingen zweimal im Jahr zu ihr, und du machtest diese Tests. Ich wartete wie immer im Wartezimmer.

Die Untersuchungen dauerten normalerweise zwanzig Minuten. Bisher kamst du jedes Mal mit einem mürrischen Gesicht heraus und sagtest: „Siehst du, alles in Ordnung. Wir verschwenden nur unsere Zeit." Doch an diesem Tag war es anders. Nach nur zehn Minuten öffnete die Ärztin die Tür. Ich bemerkte es zunächst nicht, da ich mich mit einer anderen Patientin unterhielt. Als mein Name aufgerufen wurde, fühlte ich mich auch nicht angesprochen. Die Ärztin kam auf mich zu, wir kannten uns schon von den vorherigen Besuchen und bat mich ins Untersuchungszimmer zu kommen. Ich stand mechanisch auf. wie ein Roboter.

Mein Schritt war bleiern. Wahrscheinlich habe ich mich nicht einmal von meiner Gesprächspartnerin verabschiedet.

Im Untersuchungszimmer sah ich dich auf dem Patientenstuhl sitzen. Dein Blick war eine seltsame Mischung aus Angst und Unglauben. „Welcher Tag ist heute?", fragtest du. „Montag, warum?", antwortete ich. „Und welches Jahr haben wir?"

Die Ärztin erklärte mir, dass du einige kognitive Tests gemacht hattest – dieselben Tests, die du schon so oft gemacht hattest. Bisher waren deine Ergebnisse immer unauffällig. Doch heute waren sie alarmierend. Du wurdest sofort stationär aufgenommen. Wir dachten, es sei Krebs.

Doch es war Alzheimer.

Du versuchtest, uns zu trösten, indem du sagtest: „Na ja, ich merke ja nicht, dass ich etwas vergesse" und lachtest. Ach, wenn es doch nur so einfach gewesen wäre! Du bemerktest immer, dass etwas nicht stimmte. Dein Gehirn versuchte verzweifelt, die verschwundenen und verloren gegangenen Puzzleteile wiederzufinden oder zu ersetzen.

Im Schlafanzug durch die Straßen

„Ich habe gewonnen!", riefst du freudestrahlend, als ich mit meinem sieben Wochen alten Baby im Arm im Hausflur stand, bereit zum Gehen. Meine Freundin hatte vor einigen Tagen ein Baby bekommen und ich wollte ihr das Geschenk vorbeibringen. Mein Sohn schlief friedlich im Maxi-Cosi, als ich die Tür gerade öffnen wollte.

„Was hast du gewonnen, Mama?“, fragte ich erstaunt, die Türklinke noch in der Hand.

Deine Augen leuchteten vor Aufregung, als du mir erzähltest, dass du 100.000 Euro bei der Bank gewonnen hast und das Geld unbedingt noch heute abholen musst. Ich spürte eine Verwirrung in mir aufsteigen.

„Heute ist doch der 1. Mai, ein Feiertag“, gab ich zu bedenken.

Ich konnte kaum glauben, dass man bei einer Bank Geld gewinnen konnte. Deine Freude wollte ich nicht sofort dämpfen, also fragte ich nach Einzelheiten, und du brachtest mir aufgeregt deinen Kontoauszug. Ein genauerer Blick zeigte, dass es sich nur um eine allgemeine Information über die Einlagensicherung bis zu einem Guthaben von 100.000 Euro handelte. Es war kein Gewinn, sondern lediglich ein Hinweis am Ende deines Kontoauszugs. Ich versuchte, dir das zu erklären, aber die Enttäuschung und Wut über den vermeintlichen Verlust ließen dich nicht mehr los.

„Wo hast du an einem Preisausschreiben teilgenommen?", fragte ich vorsichtig.

Du hieltest mir wütend den Kontoauszug unter die Nase und beharrtest, dass doch alles dort stünde. Ich spürte, wie sich meine Anspannung verstärkte.

Schnell griff ich nach meinem Telefon und schrieb meiner Freundin eine Nachricht, dass ich unser Treffen verschieben müsse. Die Traurigkeit darüber wurde von der Sorge um dich überschattet. Nach dem ersten Schock bot ich dir an, dich zur Bank zu begleiten.

Doch du wolltest unbedingt allein gehen und misstrautest mir. Eilig packte ich mein schlafendes Baby vom Maxi-Cosi in den Kinderwagen und folgte dir hinaus. Das Geschenk für meine Freundin und den Maxi-Cosi ließ ich einfach vor unserer Haustür zurück.

Mein Herz raste, als ich dich einholte und dir erneut erklärte, dass die Bank wegen des Feiertages geschlossen sei, bot aber dennoch an, gemeinsam hinzugehen. Ich bemühte mich, liebevoll und ruhig zu klingen. Dein Schritt beschleunigte sich nur weiter. Als wir schließlich vor der verschlossenen Bank ankamen, kochte deine Wut über.

„Du hast mich betrogen!", schriest du mich an. „Du steckst mit denen unter einer Decke!"

In deinem Gesicht spiegelten sich die Verzweiflung und Angst wider, die ich von früheren Schüben kannte. Der Schmerz in deinen Augen traf mich tief. Wieder und wieder bekräftigtest du, ich hätte deinen „Gewinn" gestohlen und deinen Kalender manipuliert. Die Bank hätte ich angeblich bestochen.

Tränen stiegen mir in die Augen, dich so verloren zu sehen.

Wir gingen schweigend nach Hause. Ich machte dir Tee und bemühte mich, so normal wie möglich zu wirken. Die Hoffnung, dass dies nur eine kurze Episode sein würde, hielt mich aufrecht. Doch dein Gesicht blieb Wochen lang verschlossen. Jeden Tag verlor ich ein Stück mehr von dir. Schließlich konnte ich es nicht mehr allein bewältigen und bat meine Schwester, sich eine Zeit lang um dich zu kümmern.

Ich sehnte mich danach, dass du dich wieder wohl in deiner Wohnung fühltest, auch wenn das bedeutete, dass wir uns nicht sehen konnten. Diesmal aber kamst du nicht mehr ganz zurück

.

Du bleibst, Du bist nicht da,

ich fühle Dich.

Das erste Licht des Tages dringt durch einen Spalt im Rollo. Ich versuche, dich sanft aus dem Schlaf zu holen.

Mein kleiner Großer ist auch hier. Er hat gerade das Laufen gelernt und wird nächste Woche ein Jahr alt. Seit deiner Diagnose sind nun zwei Jahre vergangen.

Ich streichle deine Wange und flüstere dir zu, dass es Zeit zum Aufstehen ist. Ich weiß, du würdest am liebsten den ganzen Tag im Bett verbringen. Du bist immer müde, alles strengt dich an.

Doch ein geregelter Tagesablauf ist wichtig für dich. Deine Alzheimererkrankung schreitet bedrohlich schnell voran. Man sagte uns, dass wir mit deinem aktuellen Zustand erst in fünf bis zehn Jahren rechnen müssten. Aber seit eineinhalb Jahren kannst du nicht mehr arbeiten, du isst nur, wenn ich dich daran erinnere, und wäscht dich nur mit meiner Hilfe. Wie man einen Teller benutzt, hast du längst vergessen.

Du weißt manchmal, dass du einen Joghurt aus dem Kühlschrank nehmen möchtest, aber ohne Hilfe kommst du nicht weiter. Was ist ein Löffel? Du sprichst kaum noch und äußerst deine Bedürfnisse nicht mehr in Worten.

Du bist noch hier, aber nur ein kleiner Teil von dir. Bald wirst du vollständig gegangen sein, obwohl dein Körper noch bei uns ist.

Es ist Zeit, dich zur Tagespflege zu bringen. Dreimal die Woche begleite ich dich zu den wenigen Schritten zur DRK-Tagespflege. Ich kann dich nicht allein lassen; oft weiß ich nicht, ob du eine deiner häufigen Psychosen bekommst und damit uns alle in Gefahr bringst. Damit du gefordert wirst, haben wir diese Tagespflege ausgewählt. Dort bekommst du Essen und Trinken, ihr spielt Spiele, singt, bastelt und geht spazieren. An den anderen Tagen übernehme ich diese Aufgaben. Zwischen 9 und 16 Uhr an drei Tagen habe ich etwas Luft. In dieser Zeit nehme ich Termine für meinen kleinen Großen wahr, putze unsere Wohnung, wasche die Wäsche oder arbeite.

Es ist nun Februar, und du bist schon seit sechs Monaten dort. Am Anfang hast du es genossen. Wir begannen mit zwei Tagen pro Woche. Doch mittlerweile magst du dich nicht einmal mehr anziehen, und es kostet mich Überwindung, dich zu motivieren. Ich verstehe, dass es anstrengend für dich ist, dich unter Menschen zu mischen. Dennoch ist es eine der wenigen Möglichkeiten, dich aktiv zu halten. Also ziehe ich das Rollo hoch und lasse die Wintersonne in dein Schlafzimmer.

Mein kleiner Großer kennt das Ritual schon und krabbelt auf dein Bett.

Ihr schmuset oft zusammen. Meistens gelingt es ihm, was mir nicht mehr gelingt. Nicht heute. Du schubst ihn vom Bett, und er landet unsanft auf dem Fußboden. Er ist erschrocken und versteht nicht, was passiert ist. Mit großen klaren blauen Augen sieht er mich an, ohne zu urteilen. Ich nehme ihn auf den Arm, kurz bevor ich deine Haare streichle und seufze. Im Anschluss melde ich dich von der Tagespflege ab und bereite in der Küche dein Frühstück.

Meine Termine sage ich ab. Heute ist ein Tag, an dem ich dich nicht allein lassen kann.

Den Kaffee stelle ich auf deinen Nachttisch. Das Brötchen mit Erdbeermarmelade aus dem Sommer, die wir noch zusammen gekocht haben, steht auf dem Wohnzimmertisch. Ich schalte den Fernseher leise ein, bevor ich den Raum verlasse. In 20 Minuten werde ich wieder nach dir sehen.

Der Duft der Freesien

Du hast mir erzählt, wie deine Schwester, als sie im Sterben lag – im Endstadium ihrer Krebserkrankung – klar und deutlich sprach. Es waren ihre letzten Minuten. Sie sagte, dass sie nun zu eurer Mutter ginge, und beschrieb, wie Mama und Papa im Vorraum eurer alten Turnhalle auf sie warteten. Sie sah sie durch das Glas der Holztüren und sagte, sie würden so glücklich aussehen. Deine Schwester freute sich sehr darauf, eure Eltern wiederzusehen. Die Turnhalle war alt, mit Holzrahmen und großen Glasfenstern. Der Boden bestand aus abgenutztem Linoleum. Sie konnte sogar den Duft eurer Mutter beschreiben: ein Hauch von Freesien und Bügelstärke. Während dessen hieltst du ihre Hand – warm und kalt zugleich, ihre Haut fühlte sich ein wenig wie Papier an.

Es war Januar, ein heller Tag. Den gesamten Dezember hattet ihr zusammen verbracht. Ich erinnere mich an eure Gespräche. Ich war damals 9 oder 10 Jahre alt. Ihr wart so glücklich, doch eine dumpfe Traurigkeit lag über uns allen. Wir Kinder konnten das damals nicht richtig verstehen. Ja, du hast es uns erklärt, aber wie können Kinder den Tod wirklich begreifen?

Deine Schwester starb an einem wunderschönen, hellen und kalten Nachmittag in ihrer Wohnung in Danzig.

Und heute sitze ich an deinem Bett, in deinem Zimmer in meinem Haus. Ich halte deine Hand, küsse deine Stirn. Auf meinem Arm liegt dein sechs Wochen alter Enkel.

Mein kleiner Großer ist oben bei seinem Papa und spielt. Gestern hast du mir erzählt, dass deine Mutter auf dich wartet, zusammen mit Papa, deiner Schwester und deinem Bruder, der erst zwei Tage zuvor verstorben ist. In der Turnhalle erwarten sie dich. Ein Strauß Freesien aus dem Garten steht auf deinem Nachttisch. Du sagst, dass du glücklich bist und ich gehen kann, damit es dir nicht so schwer fällt. Ich halte deine warme und doch kalte Hand. Deine Haut ist weißlich. Ich spüre, wie du dich auf den Weg machst und kann dich doch nicht loslassen. Ich drücke deine Hand ganz fest und sage:

„Mama, geh nicht." Ich weiß, es ist an der Zeit für dich. Du bist bereit. Ich nicht. „Alles wird gut, alles wird gut", sagst du und bleibst noch eine Weile da. Für mich.

Nach einer Weile öffne ich das Fenster. Es ist Mitte Juli, ein sehr warmer Sommerabend. Die Vögel begrüßen den kühlen Abendwind mit ihrem Gesang. Das Baby hat Hunger und du liegst dort so friedlich. Ich küsse deine Stirn und flüstere: „Du kannst gehen. Ich liebe dich." Ich hoffe, dass du, Mama, eines Tages auf mich wartest. In der Turnhalle, bereit die schwere Tür mit dem Glasfenster für mich zu öffnen. Du wirst

unter den Bäumen im Wald begraben sein, frei und ungebunden. Vielleicht werde ich an meinem letzten
Tag einen Hauch von Moos und
Freesien wahrnehmen und wissen,
dass auch ihr auf mich wartet.

Was hätte sein können

Wir sprachen selten über unsere Wünsche. Nicht, weil wir es nicht konnten, sondern weil wir es nicht wagten, welche zu haben. Wir waren so glücklich mit dem, was wir hatten.

Mag es von außen noch so klein gewirkt haben, wir waren dankbar und zufrieden in unserer kleinen, bescheidenen Welt. Heute spüre ich das „Was hätte sein können".

In so vielen Momenten vermisse ich dich. Deine pragmatische Art, mit Schwierigkeiten und Hindernissen umzugehen. Als ich zur Schule ging und mir Sorgen über alles machte, hast du oft gesagt, dass vieles im ersten Moment viel schlimmer aussieht, als es wirklich ist. Du rietst mir, das Problem zunächst anzunehmen, das ich nicht sofort lösen konnte, weil ich nicht wusste wie oder es mir zu groß erschien. Einfach annehmen. Ja, das ist ein Problem. Wir wissen nicht, wie wir es lösen oder bewältigen sollen.

Vielleicht müssen wir das auch nicht. Wir könnten einfach etwas anderes tun, hast du gesagt. Deine Ruhe und dein Mitgefühl leiteten mich oft.

Deine warme Stimme und liebevolle Umarmung haben mich geerdet.

Ich landete von meiner hohen Angsthöhe sicher auf dem Boden. Du hast mir beigebracht, in schwierigen Situationen ruhig, kontrolliert und fokussiert zu reagieren. Die Nerven zu behalten und genau abzuwägen, welche Optionen mir zur Verfügung stehen.

Ich lernte einzuschätzen, ob eine Reaktion meinerseits überhaupt erforderlich ist. Du hast mir so viel beigebracht. Ich komme wunderbar zurecht. Trotzdem vermisse ich dich. Ich ertappe mich bei dem Wunsch, mein Leben mit dir zu teilen. Deine Perspektive zu hören. Mit dir abzuwägen. Auch zu lachen, wenn wir feststellen, dass alles gut wird. Ich möchte mit dir sprechen. Dich wieder fühlen.

Das Lachen der Kinder mit dir genießen. Mein Herz läuft über vor Freude, meine Liebe mit dir zu teilen.

Und dann wird mir bewusst, dass ich egoistisch bin. Ich wünsche mir nur etwas für mich. Damit ich glücklich bin. Damit ich mich gut fühle. Das sind keine selbstlosen Wünsche.

Kein Wunsch ist ein Wunsch für dich. Wünsche sind nicht real und oft egoistisch.

Egoistisch sein ist im Grunde in Ordnung für mich. Jeder muss auch Verantwortung für sich selbst übernehmen. Dennoch fühle ich mich schuldig, weil ich mir wünsche, dass du hier wärst. Dabei wünsche ich mir nicht, dich, so wie du zuletzt warst.

Ich wünsche mir dich, wie du warst,

als du noch du warst.

Rote-Beete-Suppe

Dieses Jahr habe ich an Weihnachten dein Lieblingsessen gekocht. Rote-Bete-Suppe mit Schmand und geschmorten Zwiebeln. Ich konnte es kaum essen.

An deinem letzten Tag kochte ich dir dieses Gericht. Ich wollte dir eine wohlige und gewohnte Umgebung schaffen. Du hast es nicht probiert. Du hast es nur gerochen.

Jetzt sitze ich an der Stelle in deiner Wohnung, an der du aus dieser Welt gegangen bist. Aber es ist nicht mehr derselbe Raum. Ein Raum voller Leben, Freude und Geschäftigkeit hat ihn ersetzt. Es ist nicht mehr deine Wohnung. Nichts erinnert mehr an dich.

Ich esse von der Suppe und denke an all die Male, die wir sie zusammen gekocht haben. Ich habe es genossen, die Beete zu schälen, und fand den magentafarbenen Saft wunderschön. Der erdige Geruch steigt mir in die Nase und meine Trauer weicht einem Lächeln. Du bist immer bei mir. Ich trage einen Teil von dir in mir.

Bald sind es drei Jahre. Seit deiner Beerdigung war ich nicht mehr an deinem Baum. Das ist für mich in Ordnung. Dieser Ort beherbergt nicht dich, nur deine Überreste. Doch der Gedanke, dass dein irdisches Ich sich mit der Natur verbindet und zu etwas Neuem wird, tröstet mich. Du wirst Teil der Erde, eines Baumes, seiner Wurzeln und Blätter. Du lebst weiter.

Unsere Familienbaumstätte gibt mir Ruhe. Ich weiß, wo mein letzter Ort sein wird, und wozu ich werde. Dann werden wir auch physisch wieder verbunden sein.

Ich muss deinen Baum nicht besuchen. Gerne bin ich im Wald und genieße die vielen Grüntöne. Der moosige Duft des Waldes und das Rauschen des Windes spenden mir Frieden und Zuversicht. Dich spüre ich dort nicht. Du bist überall. Du bist in meinen Kindern. In mir. Es ist alles gut.

Die Erinnerungen an unsere Zeit, an gute und auch schwierige Momente, sind in meinem Herzen. Sie verändern sich stetig, und die Bedeutung von Situationen wandelt sich mit jedem Jahr. Vieles sehe ich nun anders. Einige Dinge hätte ich dich gerne noch gefragt, und sehr vieles ist unausgesprochen geblieben. Aber es ist gut so. Alles ist in Ordnung.

Die Vögel zwitschern und die Sonne kämpft sich durch die Wolken. Die Luft ist klar und angenehm. Mein Herz ist leicht.

Als Alzheimer dich entführte

Alzheimer, du gemeiner Schuft.

Wie konntest du so heftig zuschlagen? Gerade sie, die schon so viel gelitten hat. Schicksal, warum hast du nicht eingegriffen? Gib sie uns zurück! Nimm doch einen anderen Menschen, jemanden, der es verdient.

Nicht sie, die so viel gegeben und so wenig bekommen hat.

Reich war sie nie. Doch reich an Erfahrungen und voller Liebe.

Hat sie das gewusst? Hat sie die Liebe gespürt?

Die Zeit kann sie nicht mehr heilen. Die Zeit lief schnell. Sie ist allein.

Allein, gefangen in ihrem Kopf, der voller Lücken ist. Einem Kopf aus Watte und Nebel. Mit schweren Schritten bewegt sie sich durch die dichten Wolken und den Nebel. Ihre

Beine sind schwer, ihr Körper steif. Und doch: Ihr Blick ist klar. Sie sucht.

Bis der Nebel ihr schließlich auch die Sicht nimmt. Sie wird umhüllt von Weiß. Dichtem Weiß. Sie wird erdrückt. Kann nicht atmen und geht.

Geht aus der Kälte ins Warme. In eine warme Umarmung aus Liebe und Freesien. Wir sind hier, du bist willkommen.

Alles ist gut.

Nun wartet sie auf mich.

Meine Zeit läuft. Sie läuft schnell und sie läuft noch eine unbekannte Zeit. Ich möchte noch sammeln.

Erinnerungen sammeln. Gute und andere. Liebe möchte ich teilen.

Geben und nehmen, damit ich, wenn meine Zeit gekommen ist, ihr alles erzählen kann. Mein Leben mit ihr teilen und auf die Nächsten warten. Die, die ich liebe.

„Mami, wo ist Oma?"

„Oma ist im Himmel und spielt mit Bella auf einer weichen Wolke"

„Wann kommt sie zurück?"

„Wenn jemand im Himmel ist, kann er nicht mehr zu uns kommen, zumindest sein Körper nicht"

„Warum ist Oma im Himmel?"

„Weißt du, jeder Mensch und jedes Lebewesen ist nur für eine bestimmte Zeit hier auf der Erde. Wir wissen nicht, wie lange jemand bei uns bleiben kann. Es können ganz viele Jahre sein oder auch ganz wenige Momente"

„Ich möchte nicht, dass du in den Himmel gehst"

„Ich möchte auch noch nicht in den Himmel gehen. Ganz lange möchte ich bei dir sein. Irgendwann werde ich auch zu Oma in den Himmel gehen und du wirst dann hoffentlich noch ganz lange hierbleiben"

„Wenn du gehst, komme ich mit"

„Ach mein lieber kleiner Großer. Niemand weiß, wann es Zeit für den Himmel ist. Auch wenn ich gerne mit dir zusammen bin, in den Himmel würde ich gerne vorgehen"

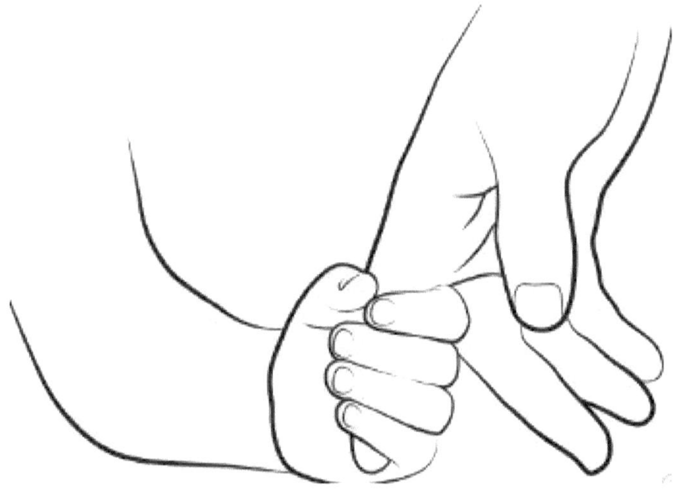

Meine Lieben,

eure Zeit läuft.

Sie läuft noch langsam,

doch sie wird schneller laufen.

Lebt!

Sammelt Erfahrungen. Teilt Liebe.

Atmet.

Ich werde warten auf euch.

Warten mit einer Umarmung aus

Liebe.

Ich werde warten mit einem

Hauch von Rosen.

Ihr seid geliebt.

Danke Mama

Danke mein kleiner Großer.

Danke Leben das ich leben darf.

Danke für das Glück der Vergan-
genheit und Danke für mein großes

gegenwärtiges Glück.

Ich weiß nicht, was morgen ist.

Dafür freue ich mich mit jeder Fa-
ser meines Seins auf das Heute.

Für dich!

Für dich

Alzheimer ist nicht dasselbe wie Demenz. Es gibt viele verschiedene Auslöser von Demenz, und Alzheimer ist einer davon. Bei Alzheimer sterben die Hirnzellen nach und nach ab, und das Gehirn schrumpft.

Es ist nicht nur das Vergessen, sondern auch das langsame Sterben des Körpers. Wichtige Prozesse im Körper können vom Gehirn nicht mehr gesteuert werden, sodass

Alzheimer immer tödlich endet. Die Zeitspanne von der Diagnose bis zum Tod beträgt meist 7 bis 10 Jahre. Aus eigener Erfahrung kann ich sagen, es kann auch schneller gehen.

Die letzten Jahre eines Menschen mit Alzheimer sind äußerst herausfordernd.

Meine Mama und ich waren darauf nicht vorbereitet. Ich musste mühsam recherchieren, um Informationen zu finden. Mittlerweile ist das Thema präsenter, und vielleicht kann ich durch unsere Geschichte einen Beitrag dazu leisten.

Besonders hilfreich fand ich die Website der Deutschen Alzheimer Gesellschaft e.V. Leider entdeckte ich sie viel zu spät.

Nach der Diagnose waren meine Mama und ich lange in einem Schockzustand. Wir konnten zuerst nicht darüber sprechen. Als wir es dann konnten, kümmerten wir uns um organisatorische Dinge wie eine Bankvollmacht, die auch nach dem Tod gilt, Behindertenausweis, Pflegegrad, Pflegedienst und vieles mehr.

Wir versuchten, alles so gut wie möglich zu organisieren und dennoch unseren Alltag zu meistern. Wir hatten große finanzielle Sorgen, da wir mein Gehalt dringend brauchten. Rückblickend haben wir uns dadurch wertvolle gemeinsame Zeit entzogen. Die persönliche Perspektive wäre ebenfalls wichtig gewesen. Vielleicht magst du dir, wenn es zu dir und deiner Situation passt, diese Themen zu Herzen nehmen, die ich gerne mit meiner Mutter besprochen hätte, solange es noch möglich war.

Sprecht über die schönsten Erinnerungen. Eigene und gemeinsame. Nehmt euch Zeit, neue Erinnerungen zu schaffen.

Sprecht über Wünsche. Was möchte dein*e Angehörige*r, und was möchtest du? Berücksichtigt neben schönen Wünschen auch, was ihr euch für den Fall wünscht, dass es dir zu viel wird. Auch wenn du es jetzt nicht erwartest, kann Überforderung eintreten. Was möchtet ihr dann tun? Auch der Tod und alles, was damit zusammenhängt, wie eine Patientenverfügung, sind wichtige Themen. Eine Entbindung der Schweigepflicht für Ärzt*innen oder ein Antrag auf gesetzliche Betreuung ermöglichen dir, im Ernstfall zu helfen.

Wer übernimmt welche Aufgaben? Vielleicht könnt ihr Aufgaben teilen und euch gegenseitig unterstützen. Klärt Zuständigkeiten im Voraus; das hilft, Missverständnisse zu vermeiden.

Gibt es ungelöste oder belastende Themen? Aus unserer Geschichte habe ich gelernt, dass Alzheimer manches vergrabene Geheimnis wieder zum Vorschein bringen kann. Eine systemische Beratung oder Selbsthilfegruppe, aber auch eine psychologische Begleitung, können hilfreich sein.

Nutze Hilfe und Leistungen von Beginn an. Ich war so damit beschäftigt, alles zu managen, dass ich kaum Zeit hatte, mit meiner Mutter zu leben. Beratung und finanzielle Hilfe hätten uns entlasten können. Nutze diese Unterstützung gleich zu Beginn der Diagnose.

ALZHEIMER
Hilfsliste

Diagnostik

☐ Fühdiagnostik   →   Gedächnissprechstunde/- ambulanz

Diagnose liegt
   vor

☐ Gemeinsames Gespräch → Betroffene/r und Angehörige

☐ Beratungsstelle aufsuchen → Pflegestützpunkt

☐ Pflegegrad beantragen → Pflegekasse

☐ Schwerbehinderung beantragen → Versorgungsamt
  100 % mit Merkzeichen H

☐ Vollmachten (Vorsorge, Pflege, Bank..)→ Versicherungen

☐ Pflegeperson/en bestimmen und   →   Pflegekasse
  Pflegezeit in der Rentenversicherung
  berücksichtigen lassen

Änderung /
Verschlimmerung

☐ Erhöhung des Pflegrades → Pflegekasse

☐ Pflegedienst als Unterstützung   →   Pflegekasse
                                               (Kombinationsleistungen)

Bedarfshilfen

☐ Verhinderungspflege, Entlastungen, Hauswirtschaft, Essen auf Rädern,
  Tagespfege, Kurzzeitpflege, Schulungen für pflegende Angehörige.

Danksagung

Danke, dass du mich auf meiner Abschiedsreise begleitet hast. Ich würde mich freuen, wenn ich dir etwas mitgeben und auch zum Schluss Hoffnung für das Danach spenden konnte. Wenn dir meine Hinweise und unsere Geschichte gefallen haben, würde ich mich sehr über eine Bewertung auf der Plattform, auf welcher du dieses Buch erworben hast freuen.

Danke Kamilla. Ich bin froh, das alles mit dir durchgestanden zu haben. Danke großer Kleiner, für dein freundliches Wesen.

Danke Iris und Saskia, für eure freundlichen, warmen Worte. Claudia, danke das du drüber gelesen hast.

Eure Liliana

Folge mir gerne 

@LILIANAJANSKI_DE

ALZHEIMER

Platz für deine Gedanken

ALZHEIMER

Platz für deine Gedanken

ALZHEIMER

Platz für deine Gedanken

ALZHEIMER

Platz für deine Gedanken

ALZHEIMER

Platz für deine Gedanken

ALZHEIMER

Platz für deine Gedanken

ALZHEIMER

Platz für deine Gedanken